# 昆山高新区优秀文艺作品选

昆山市玉山镇文学艺术界联合会 主编

中国文联出版社

**图书在版编目（CIP）数据**

昆山高新区优秀文艺作品选 / 昆山市玉山镇文学艺术界联合会主编. -- 北京 : 中国文联出版社, 2024. 9.
ISBN 978-7-5190-5667-4

Ⅰ. I217.1

中国国家版本馆 CIP 数据核字第 2024UY8570 号

主　　编　昆山市玉山镇文学艺术界联合会
责任编辑　刘雷
责任校对　秀点校对
装帧设计　新远景

出版发行　中国文联出版社有限公司
社　　址　北京市朝阳区农展馆南里 10 号　　邮编　100125
电　　话　010-85923025（发行部）　010-85923091（总编室）
经　　销　全国新华书店等
印　　刷　天津和萱印刷有限公司

开　　本　880 毫米×1230 毫米　1/32
印　　张　5
字　　数　134 千字
版　　次　2024 年 9 月第 1 版第 1 次印刷
定　　价　68.00 元

# 序：智美昆高新　翰墨复兴路

2022年是一个不平凡的年份，党的二十大即将在北京召开，昆山正全力打造社会主义现代化建设县域示范，昆山高新区奋力建设产业创新引领区，新时代展现新气象，新征程展望新未来。昆山高新区文联特举办“‘智美昆高新　翰墨复兴路’——昆山高新区喜迎二十大书画作品展”，以艺术的形式迎接党的二十大胜利召开，彩绘伟大

展厅一览

展厅一览

展厅一览

时代的精美画卷，书写高新区在党的领导下取得的辉煌成就。

昆山高新区地处昆山区域中心位置，悠悠娄江奔腾不息，巍巍玉峰高耸屹立，深厚的文化底蕴和丰厚的历史遗存，蕴藏着灿烂的人文

展厅一览

思想，顾炎武的“天下兴亡，匹夫有责”与联合国教科文组织命名为“人类口头遗产和非物质遗产代表作”的昆曲，一刚一柔成为昆山文化永恒的背景，是昆山文化两张闪亮的金名片，是昆山人民引以为豪的人文财富。昆山高新区凭借得天独厚的优势，秉持“发展高科技、实现产业化”的初心使命，坚持新发展理念，锚定建创新驱动发展示范区和高质量发展先行区的总体定位，为昆山争当“六个示范”作出“高新”表率，为昆山“打造社会主义现代化建设县域示范”作出“高新”贡献。在发展经济的同时，文化建设欣欣向荣，书画创作硕果累累，部分作品入选第十二届书法篆刻展、首届“王羲之杯”书法艺术大展、第二十三届全国板画展、中国画双年展等国家级展览，为提升高新区城市品位注入新的内涵，2022 年 9 月 17 日在陆家衡艺术馆成立高新区书法家协会、美术家协会。今年以来，高新区文联组织书画家走出书斋，深入基层，拥抱青山绿水，歌唱蓝天白云，用饱含深情的笔，蘸满以人民为中心的爱，泼彩“向高而攀、向新而生、向远而行”富有高新特色的发展之路，创作了一批“有思想、有温度、有品质”的力作。此次参展的作品围绕古今名言警句、经典诗词、革命诗词及自作诗词、对联等内容，展现了艺术家们在中国共产党领导下用心用情用功地讴歌党、讴歌祖国、讴歌人民、讴歌英雄的精神风貌。

智美昆高新，翰墨复兴路；奋进新征程，建功新时代！高新区文联将始终坚持以人民为中心的创作导向，努力推出更多高水平高质量的优秀文艺作品，为全面建成国家创新型科技园区和国家高新区绿色发展示范园区提供强大的精神力量，以实际行动向党的二十大献礼。

陆轶峰

（昆山市玉山镇人大主席、高新区文联主席）

2022 年 9 月 8 日

# 目　录

## 江南片玉



## 龚贤山水



## 高新映像

## 琼花雅韵



## 艺术空间



## 玉峰佳处

附录（文艺高新）

# 江南片玉

# 朱学林书法作品

选录李后强《乡村振兴中的诗歌意境》

## 个人简介

朱学林，男，江苏昆山人。1977年5月出生。中共党员。中国硬笔书法协会会员，江苏省书法家协会会员，昆山市书法家协会副秘书长，昆山市硬笔书法学会会长，昆山市高新区书协秘书长。获得“喜迎二十大　全面推进乡村振兴”全国书法篆刻主题展一等奖，2020全国大书法正书作品展入展，庆祝中国共产党成立100周年——百年风华·全国大书法作品展入展，“中国梦·劳动美”第七届全国职工书法美术作品展优秀奖、江苏区银奖，第二届江苏省“瘞鹤铭·书法篆刻展”入展等。

# 吕沁书法作品

游云谷寺

## 个人简介

吕沁，女，1986 年生于昆山，中国书协会员。师从陆家衡、陈珺。2017 年进入中国书协崔胜辉导师班学习行草书。现任昆山市文化馆美术部主任，苏州市青年书协副秘书长，苏州市女书画家协会理事，昆山市书协副主席，昆山市女书法家协会副秘书长。作品在“江左风流奖”——江苏省第十届青年书法篆刻作品展获奖，入展全国第五届青年书法篆刻作品展览、2021“书圣故里· 中国临沂”——中国书法临书大会（前 60 名）、第十三届中国艺术节全国优秀书法篆刻作品展、第三届和第四届“江苏省文艺大奖书法奖”等。

# 殷月霞书法作品

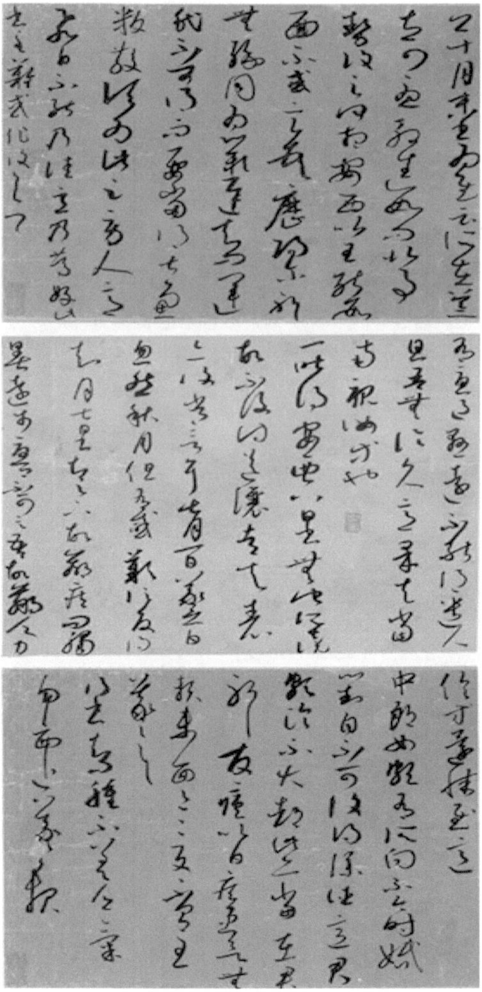

大观帖

## 个人简介

殷月霞，女，中国书协会员，昆山市书协理事，昆山市高新区书协副秘书长。擅长行草书，从《书谱》《十七帖》《怀仁集王羲之圣教序》《大观帖》等古帖中汲取精华，经过潜心研习、勤学苦练，逐渐形成自己独特的书法风格。书法作品入展第九届中国书坛新人新作展、全国第五届草书作品展、全国第三届书法临帖作品展等大展。

# 史经伟书法作品

春江潮水連海平海上明月共潮生灧灧隨波千萬里何處春江無月明江流宛轉繞芳甸月照花林皆似霰空裏流霜不覺飛汀上白沙看不見江天一色無纖塵皎皎空中孤月輪江畔何人初見月江月何年初照人人生代代無窮已江月年年望相似不知江月待何人但見長江送流水白雲一片去悠悠青楓浦上不勝愁誰家今夜扁舟子何處相思明月樓可憐樓上月徘徊應照離人妝鏡臺玉戶簾中卷不去擣衣砧上拂還來此時相望不相聞願逐月華流照君

節錄春江花月夜經偉

春江花月夜

## 个人简介

史经伟，1983 年生，毕业于天津师范大学，中国书法家协会会员，昆山市书法家协会理事，昆山市高新区书协理事，墨池学院导师，布谷书画成人班导师。

# 韦鸣摄影作品

浙江荻港村

浙江南浔

## 个人简介

韦鸣，昆山人，中国摄影家协会会员，昆山高新区摄影家协会顾问。2021年被《大众摄影》杂志评为年度影像十杰，2021年《80年代的苏州农村婚礼》(组照)、《穿越时空的对话——周庄》(组照)入选“第28届全国摄影艺术展览”。2023,《荻港村百姓生活》(组照)、《丝乡》(组照)入选“运河中国”影像大展。

# 孔庆忠绘画作品

希望之港

## 个人简介

孔庆忠，字拙修，号且园主人。1987 年出生于山东省临清市。2012 年毕业于南京艺术学院书法专业，获学士学位。2016 毕业于南京艺术学院中国画专业，获硕士学位。现为国家三级美术师，任昆山市文化馆美术部副主任，江苏省青年美术家协会会员，江苏省青年书法家协会会员，江苏省青年书法家协会青少年书法发展委员会委员。

# 董岳、刘宏伟表演作品

“五星工程奖”获奖作品男子群舞《那年你们也十八岁》

**个人简介**

董岳，中共党员，毕业于南京航空航天大学歌舞表演专业，苏州市舞蹈家协会会员，昆山市舞蹈家协会理事，昆山高新区音乐舞蹈和戏剧曲艺家协会副主席。

**个人简介**

刘宏伟，中共党员，曾服役于新疆军区文工团，苏州市舞蹈家协会会员，昆山市舞蹈家协会副主席，昆山高新区音乐舞蹈和戏剧曲艺家协会主席。

2022 年 7 月 15 日，男子群舞《那年你们也十八岁》在江苏省宿迁宿豫大剧院参加江苏省群众文艺政府奖——第十五届江苏省“五星工程奖”舞台艺术作品（舞蹈类）终评，最终荣获第十五届江苏省“五星工程奖”。这也是昆山高新区在舞台类文艺作品创作中，近十几年来首次获得此项荣誉。

# 龚贤山水

# 玉见高新 山秀湖美

高象

昆山高新区美术家协会于2023年12月12日在亭林公园举办“玉见高新 山秀湖美”写生采风活动，旨在通过艺术的方式，描绘昆山高新区的风光，展示智美高新的人文风采。

当天下午，众会员会聚在亭林公园“翰珍画院”，当场挥墨，各展风采。有个人创作也有相互合作，作品呈现一片勃勃生机。这些作品之后将择机赠送给高新区内的慈善机构或文化教育单位。

会员们纷纷表示这种形式的活动收益良多，对提高艺术修养大有帮助，同时也能为高新区群众文化公益事业添砖加瓦。

高新区美术家协会

高新区美
家协会

# 赋彩江南

鲁静

2023年，苏州（昆山）“赋彩江南”中国重彩画名家技法研学活动作品展于11月22日下午在陆家衡艺术馆举行了开幕仪式。本次活动由中国美术家协会中国重彩画研究会、苏州市美术家协会、昆山市文体广电和旅游局主办，苏州市美术家协会艺术委员会、昆山市文化馆、昆山高新区文学艺术界联合会联合承办。

学员郝钟云向昆山市文体广电和旅游局、昆山高新区文学艺术界联合会捐赠两件重彩画作品，分别是《飞天》和《昆曲·妆》。昆山市文体广电和旅游局党委委员、昆山市图书馆馆长鲁静，玉山镇人大主席、区文联主席陆轶峰上台接受作品捐赠。

来自苏州市的30名学员以及线上50名学员在许俊、郭继英、赵

栗辉、王永利等名家老师的带领下，就材料、制作到写生、临摹和创作展开多阶段的接触、实践，学员勤奋学习，努力创作，共创作原创作品和临摹作品 80 余件。

本次活动，为苏州（昆山）美术界培养了重彩画人才。研学活动时间有限，苏州的重彩画创作之路仅是开始，而这种研学活动将会常办，邀请名师授课辅导，相信苏州乃至长三角区域的重彩画界必将活跃和发展起来。

# 高新映像

# 踔厉奋发 光影逐梦

鲁静

王龙进《把好每一关》

昆山高新区摄影家协会积极配合昆山高新区总工会、昆山高新区党群工作部联合举办“踔厉奋发 光影逐梦——奋进新征程 建功昆高新”致敬劳动者主题摄影展的活动，于 2023 年 9 月 25 日、26 日，10 月 18 日分别组织部分会员深入丘钛、欣兴同泰、清越等企业，用相机记录员工的风采。

毛庆华《校准》

查益强《姐妹花》

毛宇龙《绣姑》

# 映像阳羡

鲁静

徐飏《白昼望月》

韦鸣《采茶女》

江南三月，山水如染。高新区摄影家协会为提高会员创作能力，组织会员参加“映像阳羡”全国摄影作品展，经过精心策划和筹备，协会一行 20 人于 2023 年 3 月 25 日赴宜兴进行创作采风活动。

阳羡溪山小镇，海棠芬芳，樱花如雪，摄影家们频频举起相机，记录着江南老街的古朴典雅和现代都市的潮流时尚，在永恒的历史和瞬间的趣味间变换着焦距。

次日清晨，摄影家们来到了龙山茶场，青山逶迤，绿带萦绕，绮丽的风光和采茶女勤劳的身姿更是让摄影家们创作激情剧增，纷纷用镜头定格着这美丽的春景。

两天的创作时间虽然短暂，但大家在拍摄中相互交流摄影技巧，品鉴摄影作品，提高了技术，提升了境界，增进了友谊，也增强了高新区摄影家协会的凝聚力和战斗力。

王龙进《采春茶》

钱优兰《茶青》

王龙进《踏春》

时旭《茶园新貌》

拍摄花絮

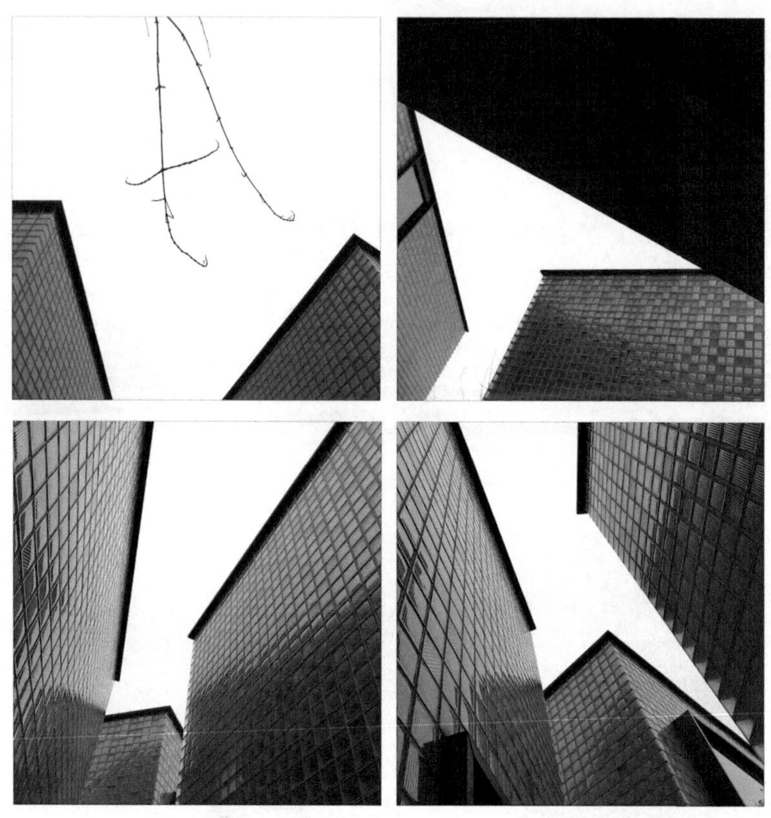

王蔚强《初识“雅达”》

胡娟《春染解语花》

何萍《春天里的快乐》

查益强《观景》

毛庆华《童趣》

李建福《寻隐》

高敏怡《雅达春色》

# “锦溪 娘家”毛庆华摄影展

鲁静

2023 年 5 月 29 日，由昆山高新区文联、锦溪镇文联、锦溪镇社会治理和社会事业局联合举办的“锦溪 娘家”毛庆华摄影展在锦溪镇窑文化馆开幕。

《锦溪 娘家》系列作品

开幕现场

# “运河文化”昆山高新区摄影家协会冬季采风

鲁静

2023 年 12 月 17 日、18 日，高新区摄影家协会组织部分会员赴浙江新市、荻港、南浔三地，以“运河文化”为主题进行冬季采风创作。摄影师们用手中的相机记录了运河沿岸的自然风光和风土人情。

采风花絮

采风花絮

（央视采访）百年老店 独家配方 特色名吃
廣福齋茶糕
订做热线：13754221478 13515827485
（央视采访）
茶糕
定胜糕
好味道
自然香
76

采风花絮

采风花絮

# 琼花雅韵

# 昆山高新区首届社会舞蹈“独双三”大赛颁奖晚会

金秋九月，秋风飒爽，昆山高新区在大渔湾广场举办了“舞动新时代 艺起向未来”——2023 年昆山高新区第十二届群众文化艺术节开幕式暨昆山市首届社会舞蹈“独双三”大赛颁奖晚会。本次活动由昆山高新区管委会、昆山市文学艺术界联合会主办，由昆山高新区文化体育站、昆山高新区文学艺术界联合会、昆山市舞蹈家协会联合承办。出席本次活动的领导有：昆山高新区党工委副书记、管委会副主任陈青林，昆山市文学艺术届联合会党组书记、主席冯惠清，昆山市玉山镇人大主席、昆山高新区文学艺术界联合会主席陆轶峰等领导及嘉宾。

KSND
昆山高新区
强国复兴有我
群众性主题宣传教育活动
舞动新时代
艺起向未来
2023年昆山高新区第十
届群众文化艺术节开幕式

2023年昆山市首届社会舞蹈（独双三）大赛
一等奖

本次活动共有 68 组选送参赛。初赛两场 68 组进前 30 组，复赛一场 30 组进前 16 组，最终评出 16 组选送参加决赛，决赛期间选出了一等奖 1 名，二等奖 2 名，三等奖 3 名及优秀奖 10 名。凝心聚力聚焦文艺创新，携手同行赓续时代精神。昆山高新区将持续以“四敢”为主导，以人民为中心，以文艺为媒介，凝聚更多年轻的文艺力量，推动高新区文化文艺事业的高质量飞跃发展，让文艺之花开在高新区的每一寸土地，让文艺精神滋养每一位“高新”人！

2023年昆山市首届社会舞蹈（独双三）大赛
三等奖

# 大地欢歌 四季村晚

大地欢歌谱华章！以文聚力惠民心！

为深入学习贯彻习近平新时代中国特色社会主义思想和党的二十大精神，推进乡村文化振兴，打造“大地欢歌”品牌，展示近年来昆山群众文艺创作成果以及昆山高新区文化事业发展成就，为昆山打造中国式现代化的县域示范作出高新贡献，2023 年 10 月，“大地欢歌 四季村晚”—— 昆山市群众文艺“百村行 周周演”惠民演出暨昆山高新区第十二届群众文化艺术节闭幕式开启！

本次活动由中共昆山市委宣传部指导，昆山市精神文明建设指导委员会办公室、昆山市文体广电和旅游局、昆山市文学艺术界联合会

共同主办，昆山市文化馆、昆山市群众文化学会、昆山高新区文化体育站、昆山高新区文学艺术界联合会共同承办。

# “戏曲书苑”经典戏曲巡演

鲁静

为进一步加强高新区群众文化建设，丰富高新区群众的精神文化生活，高新区把“戏曲书苑”系列活动列入了政府的实事工程，投资改造活动场所，添置了活动必要的音响等硬件设施，确保演出活动的资金。

自 2007 年高新区创建了“戏曲书苑”演唱活动以来，至 2023 年已经连续开展了 16 年，“戏曲书苑”活动巡回在社区、农村为广大群众进行公益惠民服务，从单一的周周演，发展到现在的“新春大拜年”“戏曲课堂”“节假日戏曲专场”“长三角戏曲名家名票演唱会”“经典戏曲巡演”等系列活动。目前累计演出 565 场，观众达 10 多万人次。

《戏曲书苑》七一戏曲演唱会
新时代文明实践
KSND
昆山高新区

2023年昆山高新区

2021年昆山高新区《戏曲书苑》第500期专场演出
暨红色经典戏曲巡演开幕式
KSND
昆山高新区
2021年昆山高新区《戏曲书苑》第500期专场演出
暨红色经典戏曲巡演开幕式
锡剧《红花曲·朵朵红花红艳艳》
演出者：昆山高新区玉山戏曲队
分送姐妹表寸心

睡银塘鸳鸯蘸眼
恋香巢秋燕依人
爱桐阴静悄
凉生亭下
暂把幽怀同散
携手向花间

# 百家竞艺荟高新

以“干部敢为、地方敢闯、企业敢干、群众敢首创”的新时代“四敢”为导向，全力争先进位，奋力争当建设创新驱动发展示范区和高质量发展先行区排头兵，引领高新区广大艺术工作者用“敢”来书写，以“干”来作答，成为高新区文化事业与工作的主旋律和最强音。

本次活动由昆山高新区党群工作部、亭林城市管理办事处、柏庐城市管理办事处主办，昆山高新区文化体育站、昆山高新区文学艺术界联合会承办，由昆山高新区音乐舞蹈和戏剧曲艺家协会协办。

本次活动是为了丰富高新区百姓的文化生活，真正做到以“文化

为民、文化惠民、文化乐民、文化暖民”为宗旨的服务。历时三个月，参加团队 15 支，走进村和社区巡演共计 20 场，以机构专场形式参与，组织力、执行力、品质感、艺术性都将得以提升。广泛吸纳艺术专业

人才，建立各类文化艺术人才库。通过此项少儿品牌活动的打造，可为今后江苏省、苏州市“少儿文化艺术节”活动的推荐，打下良好的基础。

昆山市玉山镇人大主席，昆山高新区文学艺术界联合会主席陆铁峰也亲临现场，并为汇演的优秀节目颁奖。

# 片玉琴社

古琴，又称瑶琴、玉琴、七弦琴，是中国传统拨弦乐器，有三千年以上的历史，属于八音中的“丝”。2003 年 11 月 7 日，联合国教科文组织世界遗产委员会宣布，中国古琴被选为世界文化遗产。2006 年古琴被列入中国非物质文化遗产名录。

2019 年 3 月，我们成立了“片玉琴社”古琴公益培训班，旨在传播一颗种子，让广大音乐爱好者了解古琴，喜欢古琴。已开班十九期，培训学员近百人。学员们经过淘汰或晋级，被淘汰的学员可以再学习，但不再享受公益课程。这种尝试效果很好，学员的积极性很高。学员有来自机关事业单位的干部职工，有外企白领，也有个体经营的负责人，学习认真，收到了良好成效。培训得到了上海音乐学院以及上海琴会的大力支持。2021 年 9 月 27 日，古琴社成员参加了在千灯

举办的全国“秦峰曲会”，精彩的演出获得了热烈反响。

在培训的同时，每年也对大众开展古琴讲座活动。2023 年 9 月 26 日，举办了《五音活泼之趣——吟猱概说》的古琴讲座，提高了

学员的古琴艺术理解和欣赏水平，同时也起到推广古琴艺术的作用。

吟猱概说
古琴讲座
主讲人：张赫
昆山高新区文联
2023年9月26日

# 第十二届群众文化艺术节开幕式

“讴歌新时代 奋进新征程”2023年昆山高新区文化艺术节开幕式暨群众文化优秀团队展示活动由昆山高新区党群工作部主办，昆山高新区文体站、昆山高新区文学艺术界联合会承办。

党的二十大胜利召开，吹响了新时代新征程的奋进号角。在“推进文化自信自强、铸就社会主义文化新辉煌”的二十大精神引领下，昆山市文艺工作者正满怀激情潜心耕耘，勇立文艺的新潮头。

近年来，高新区高度重视群众文化高质量发展，在队伍建设、品牌打造、精品创作和人才培养等工作方面积极探索、不断创新，取得了可喜的成绩，极大地满足了人民群众对精神文化的需求和美好生活的向往。

# 艺术空间

# “新时代的高新区”摄影展

2023 年 2 月 16 日下午，“新时代的高新区”摄影展在玉山美术馆顺利开幕。现场共展出摄影作品 55 幅，这些作品无论是从题材、理念、角度，还是技法，都凸显了一个“新”字，进一步展现了昆山高新区建设的新成效、新成果，也让现场观展者领略到了昆山高新区不一样的风光。

开幕式上，昆山高新区摄影家协会主席毛庆华介绍了展览筹备情况；昆山高新区文联向摄影作者代表颁发入展证书；昆山市玉山镇人大主席陆铁峰按下了象征“新时代的高新区”摄影展相机的快门键。

# “片玉空间”文艺沙龙 | 王幸民诗词书画作品展

古人论书画有语："画使人惊，不如使人喜，使人喜不如使人思。"

由昆山高新区文联主办，昆山高新区书协承办的“王幸民诗词书画作品展”于 2023 年 12 月 11 日在西寺弄 18 号“片玉空间”展厅开幕。

# 毛泽东诗词名家书法邀请展

2023 年 5 月 4 日上午，昆山高新区“毛泽东诗词名家书法邀请展”在陆家衡艺术馆举行。展览共展出了陆家衡、俞建良、王金春、王清、陈凤珍、居永良、张斌、霍正斌八位昆山书法家精心书写的毛泽东诗词书法作品 40 件。

毛泽东诗词是中国革命的艺术成果，字里行间蕴含的红色精神扣人心弦、催人奋进，反映了鲜活的中国革命史。参展的八位作者满怀对一代领袖的崇敬之情，以饱满的热情、高超的艺术语言精心创作，作品所选内容都是为社会各界所广为流传、喜闻乐见、耳熟能详的名篇巨著。

“在毛泽东同志诞辰 130 周年之际，大家满怀对党的热爱和忠诚，

用时近半年，融入对毛泽东诗词的理解感悟，以及个人的生活阅历，在昆山加快推进社会主义现代化建设试点、打造社会主义现代化建设县域示范的当下具有特别的意义。”昆山市玉山镇人大主席、昆山高新区文联主席陆轶峰表示，从毛泽东诗词中，可以感悟共产党人的初心，了解党的革命历程，深化党史教育，助力深入学习贯彻党的二十大精神，并推动党员干部将对党史的理解和感悟化为工作动力。

# “江南老词客”——黄异庵书法、篆刻、文献展

2023 年 5 月 19 日下午，在弹词《黄异庵》演奏中，“江南老词客”——黄异庵书法、篆刻、文献展在陆家衡艺术馆开幕。黄异庵是新中国成立初期的著名评弹艺术家，祖籍安徽，生于太仓，同时也是苏州颇具影响的词客、印人和书法家。黄异庵和昆山颇有缘分，他不仅是“昆山女婿”，把昆山视为自己的第二故乡，也有很多门生故旧都是昆山人，如文史专家陈兆宏，评弹名家刘仲英，书法家陆家衡、俞建良、蒋志坚等。2023 年正值黄异庵先生诞辰 110 周年，众亲友、弟子协力搜集他散失的百余件作品展出在陆家衡艺术馆，时间为 2023 年 5 月 19 日至 6 月 30 日。

黄异庵艺术研讨会

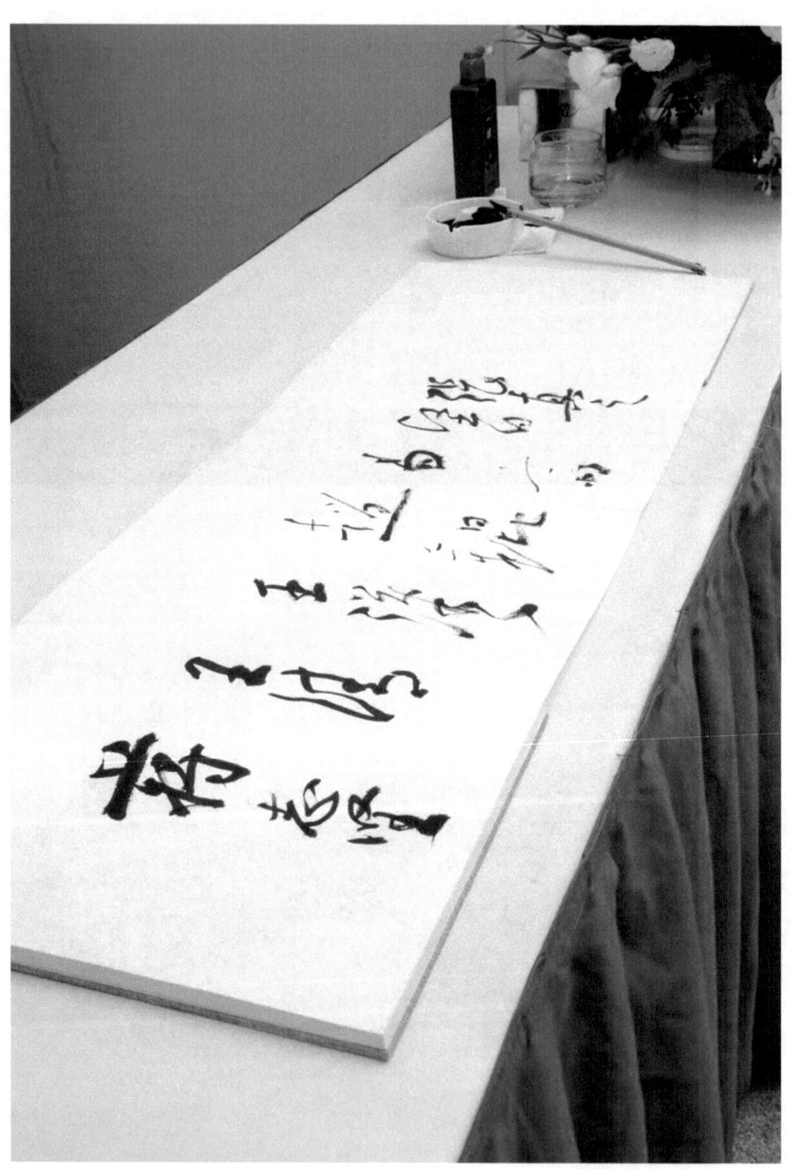

# 深刻的隐蔽——陶亚青日常物语版画展

2023 年 6 月 19 日下午，“深刻的隐蔽——陶亚青日常物语版画展”在西寺弄 18 号高新区文联“片玉空间”展厅开展，展览不设开幕式，以艺术沙龙的形式作为开场是本次活动的一大亮点，吸引了众多艺术家和爱好者参与其中。

“绘画的形式语言与画家内心表达之间的统一”“每个人对画面的感受是不一样的……”，活动现场，艺术家们对作品各抒己见。作者陶亚青与参加沙龙的艺术家和爱好者进行热烈的讨论。

丁懂（侯北人美术馆副馆长）：“我在美术馆工作了多年也做了不少展览，但是我觉得像今天这种作品不多的展览更能说明问题。作品

少，反而你会去看得更仔细。环境小一点儿，画少一点反而更深刻更直观。很大的场面作为作者你跟谁去仔细探讨一下你的想法？但今天的这个形式非常好，感谢主办方。我们以后其实都可以参与一下。”

刘燕飞（原昆山书画院院长）：“今天真的是非常高兴，也很惊讶。原来我想那个小空间办个展呢，就是觉得很平常啊。那天布展的时候，我也没有看出来里面的味道。但今天走进来一看，真的非常惊艳。可以说，至少在昆山，是第一次有这样一个有味道的活动。我们很看好这个展览的延续性。像这个展览，在座老师的审美、爱好都是比较接近的。这样的展览虽然办得小，但受益性很大，效果会很好。因为艺术上毕竟是需要有一个交流，最好是共鸣、同频共振，你没有这种状态的话就没有这么好的效果，所以这个展览是第一个给我这么好的感觉。另外，亚青其实是我半个老师。因为我是画中国画而且是传统中国画的。对这个西方的美术史啊，我不是专业的，和亚青一起呢，让我了解了两者之间很多共通的东西。他的绘画确实给我很大的启发。那种平淡，就是那种比较虚无的状态，是让我喜欢的，但是我做不到。

他的绘画就好像在催促我，让我去往前面寻找。”

唐鸿生（艺术家）：“感觉亚青他心情很好，就是给我好像很阳光的感觉。画面呢，其实我也不懂，但那个画感觉挺厚实的。你看它画得很薄很薄，但是感觉就是很厚很厚。像我们画中国画的讲究一些题材，而亚青他看到什么、想到什么都能画。一个简单的物体，他表现得很有意境。祝愿他在这个艺术道路上面越来越好。”

朱家驹（昆山市文化馆副馆长）：“非常荣幸今天能够坐在这里，这也是脑海中一直盼望的一个画面。其实这个活动形式在我心目当中，存在了二十年。这种形式的展览在其他地方应该也不多见。能够特别纯粹地，在对的空间做对的事。在老城区有这样一个空间，除了硬件之外，软件也很重要。感谢高新区文联领导能够这么重视，听取专业意见、想法为广大艺术家服务。”

秦麟（艺术家）：“亚青的画看似很平常，但是很耐看。因为画面里没有大红大绿，没有很强的线条。我看了很久，画面是放松的、没有聚焦点，所以说这是种很高级的东西。”

霍正斌（艺术家）：“今天的展览空间很小，但是很接地气。展览的名字也很好——‘深刻的隐蔽’。让我想起古希腊哲学家赫拉克利特，他说的一句话：‘自然爱隐藏。’我觉得陶亚青这个作品呢，就是沉淀出成果，这是很高级的。”

孔庆忠（艺术家）：“我今天是来学习的，亚青是学长。我刚才看了这几幅画啊，虽然不多，我可以用一个词来说‘得意忘形’。我觉得他的作品第一是自然纯粹，他的内心是很丰富的，像个小孩子一样很纯净。他把自己内心的这个意义已经表达得很完备了。”

谢宝根（艺术家）：“亚青是我们身边不可多得的一个真正的艺术家，他的作品是具有思想性的，表达了他对人生生活的思考，给观者结合自己的人生观延续思考的空间，比如作品《火柴》，画面上已燃烧过后的火柴可似为人生的经历，每人不一样的人生经历就有不一样的经历联想思考。亚青经常和我们一起探索人生修练及绘画艺术的本源。”

吴晓东（艺术家）：“看到这个画，我觉得亚青他内心非常细腻、非常敏感，有一种孤寂的东西，是对生活的感悟和积累。自己就是自己的太阳，要勇于表达自己。亚青这一点做得很好。”

本次活动是高新区文联提升服务品质、传播优质文艺作品、鼓励艺术家思想碰撞的一种有益尝试，后续将依托“片玉空间”阵地继续开展此类活动，为艺术家提供开放的文化舞台，让一切文化创造源泉充分涌流。

# 昆山市第二届书法临帖作品展

2023 年 7 月 21 日下午，由昆山高新区文学艺术界联合会、昆山市书法家协会共同主办，陆家衡艺术馆、昆山高新区书协共同承办的昆山市第二届书法临帖作品展开幕式在陆家衡艺术馆举行。

昆山市文联党组书记、主席冯惠清，昆山市文联党组副书记、副主席黄劲松，昆山市玉山镇人大主席、昆山高新区文联主席陆轶峰，昆山市书协名誉主席陆家衡，昆山市书法家协会顾问程振旅，昆山市书协名誉主席俞建良，昆山市文联副主席、市书协主席王金春，昆山市书协监事马崇德，昆山市书协副主席王清，昆山市书协副主席霍正斌，昆仑堂美术馆副馆长沈江，昆山高新区文联副主席、区书协主席

徐肖军以及本次展览获奖入展作者代表、部分市书协理事、会员代表参加了开幕式。

# 现实风景与梦幻想象——吴晓东油画作品展

由昆山高新区文联主办，昆山高新区美协承办的“现实风景与梦幻想象——吴晓东油画作品展”于 2023 年 8 月 28 日在西寺弄 18 号高新区文联“片玉空间”展厅开幕。

展览一如既往不设开幕式而以沙龙座谈的形式为观者与作者架起一座沟通的桥梁。现场气氛热烈，不少爱好者慕名而来，大家围绕作品进行深入而广泛的探讨。

本次沙龙由昆山市文化馆副馆长、高新区美协副主席朱家驹主持，他表示：“‘片玉空间’是高新区文联为大家提供的一个展示交流学习的空间，必将成为高新区的品牌栏目而大放异彩。今天的展览让我认识了一个‘全新’的吴晓东。”

陶亚青：“晓东是一个有专研精神的人，也在提醒我从这方面审视一下自己。”

唐鸿生：“我是第一次看到吴老师这些作品，和我自己想象的一些东西有些许不谋而合。这些颜色的搭配，也能让我感觉到心情很舒畅。”

朱文林：“中华人民共和国成立开始到现在，昆山第一个在全国展览获奖的就是晓东。如果说要写昆山美术史的话，这是一个非常重要的节点。他的作品是有高度有质量的。”

刘燕飞：“看了晓东的作品以后呢，我突然就联想到了董其昌，二者内涵很接近。就像晓东他自己说的宁静中带着温馨。另外，晓东的绘画还给我一个感觉：一个是自信，还有一个就是自主。有了自信，就有了下笔的肯定性，所以他画画很自如。”

宋德强：“作者用的色彩非常高级。有人曾经说经济可以使一个城市强大，而艺术可以使一个城市伟大。昆山如果能够出现一大批像晓东这样优秀的画家，相信会使我们的城市更加伟大。”

周险峰：“对他的精神，我一向很佩服。他很执着，而且一直在探索，一直在进步。”

徐肖军：“昆山经济很强，文化也当有值得自信的地方。‘片玉空间’虽小，我觉得也是做了一件正确的事情。”

万良全：“我算是外行，似懂非懂。看到这个画以后，我首先看到的是点线面，它处理得相当好，这种气息和意境感染了我。”

郝钟云：“我是看了朋友圈的预告来的，今天作品中的意象之美让我觉得不虚此行。”

孔庆忠：“吴老师的画面是很热烈的，同时也是愿意让人走进去的那种热闹。他画画像游戏一样，内心很放松。”

吴晓东："我首先要感谢高新区文联，高新区美术家协会把这个展览搞得有声有色，谢谢在座的朋友、老师。我谈一谈我的个人感受：我以前一直从事偏写实的绘画，但是我一直对现代主义的东西、平面构成的东西很感兴趣。大概在2000年，我相继看了两个画展，感触非常深，他们画中的自由和色彩表达，对我触动很深。平面构成的东西，没有想象那么简单，它能够得到很多艺术家的重视，说明了其具有一种内在的魅力。这次展出的这些作品，是在近五年里面挑出来的，也是一种尝试。我希望能够走得更远，继续去探究它内在的奥秘。"

# “珍宝·臻美”——昆山三宝创艺作品展

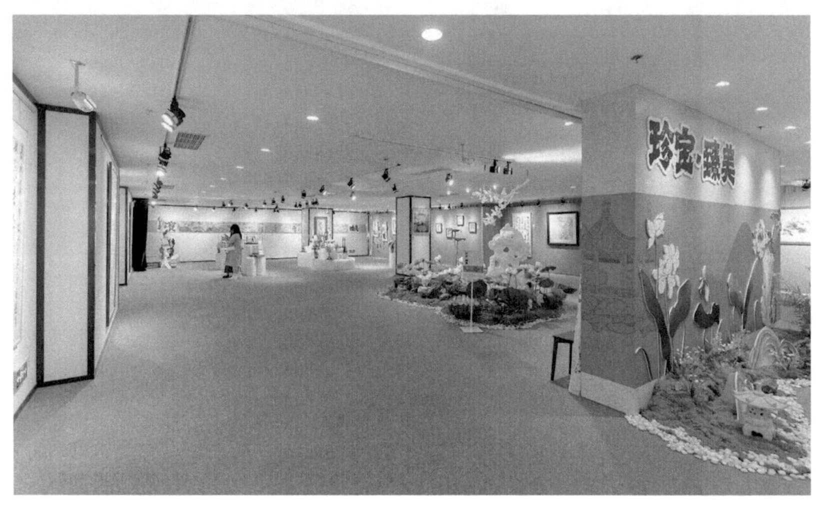


2023年，“珍宝·臻美”——昆山三宝创艺作品展在玉山美术馆开幕。

本次展览集中展示了关于昆山“三宝”——昆石、琼花、并蒂莲为主题的书画、刺绣、剪纸和其他手工艺作品50余件，是把地方特色与传统文化有机融合的一次尝试，更是展示高新区文化魅力的一扇窗口，并梳理了昆山“三宝”特有的思想内涵，在这样的精神引领下，这些“有思想、有温度、有品质”的作品充分体现高新区“向高而攀、向新而生、向远而行”的精神特质，也为新时代“昆山之路”增添了文化含量，在古朴敦厚中彰显坚韧不拔的质地。

新时代展现新气象，新征程焕发新光彩。“珍宝·臻美”——昆山三宝创艺作品展将以“三宝”文化内涵为背景，为高新区文体艺术工作者搭建展示艺术才华的平台，更为昆山打造中国式现代化区域示范贡献高新区文艺工作者的一份力量。

珍宝·
——昆山三宝创艺作品展
前言
琼花

# “80 印象· 玉山”——韦鸣摄影图片展

2023 年 9 月 28 日下午，“80 印象· 玉山”——韦鸣摄影图片展在玉山美术馆隆重开幕，昆山高新区党工委副书记、管委会副主任张建文，江苏省摄影家协会、苏州市摄影家协会、昆山市文学艺术界联合会、高新区党群工作部、玉山镇人大主要领导，广大摄影爱好者一起感受一场集体记忆带来的温暖影像。

本次展览展出了由玉山镇本土人士、摄影家韦鸣拍摄并珍藏的记录 20 世纪 80 年代玉山镇的 80 幅作品。用心记录了玉山曾经的历史文化，呈现了玉山人通过不断的奋斗和拼搏，克服无数困难与挫折，建设成了这座城镇的最美姿态。

开幕式上，韦鸣赠送一幅摄影作品给昆山高新区，高新区党群工作部部长龚奕奕上台接收捐赠。区党工委副书记、管委会副主任张建文，昆山市委宣传部副部长栾根玉一起见证这个重要时刻。

玉山镇，历史悠久，文化底蕴深厚，是镶嵌在长三角地区的一颗璀璨明珠。提到 20 世纪 80 年代，很多人脑海中会浮现一些“标志性”建筑或景观：正阳桥、半山桥、奥灶馆、亭林公园、大西门、三角塔，等等，还有味精厂、石配厂、铸钢厂、晶体管厂、印刷厂、人革面料厂等老企业，这些都是从那个年代走来的人们心中的“青春贮藏处”，也可以说是来自玉山镇的乡愁记忆。展览当天，人头攒动，大家看到过去的照片，充满回忆，相谈甚欢。

当天，昆山高新区文联摄影协会也正式成立，协会将团结高新区摄影艺术家、摄影工作者和爱好者，架起沟通联结的桥梁，记录下高新区政治、经济、文化和社会等各方面的发展成就和重大变化，留下珍贵的影像资料，助力繁荣高新区文化事业，共同描绘高新区未来发展的美好蓝图！

# “90 光影· 昆山”——韦鸣摄影图片展

2023 年 9 月 6 日下午，“90 光影· 昆山”——韦鸣摄影图片展在玉山美术馆开幕，广大摄影爱好者一起感受一场集体记忆带来的温暖影像。

本次展览展出了由摄影家韦鸣拍摄的记录 20 世纪 90 年代昆山变化的 85 幅作品。用心记录了昆山曾经的历史文化和日新月异的变化。20 世纪 90 年代的昆山，经历了从“苦”到“乐”的欢愉，从“无”到“有”的自信，从“小”到“大”的豪气，人民在与城市共同奋进的征程中，收获了一个拥有众多“全国第一”、18 年蝉联中国百强县之首的昆山。此次开幕式上，韦鸣赠送一幅摄影作品给昆山高新区，高新区党群工作部副部长吉宏平上台接收捐赠。

韦鸣老师这一代摄影家，不仅仅是昆山改革开放的见证者，还

KSND
昆山高新区
光影·昆山

韦鸣摄影图片展览

是这座城市飞速发展的记录者，在数十年的城市变革中，他们用银盐胶片和相纸，记录着昆山人如何从“唯实、扬长、奋斗”到“艰苦创业、勇于创新、争先创优”再到“敢于争第一、勇于创唯一”的豪迈气概，记录着昆山人“敢为人先”的魄力与精神，记录着“昆山之路”的发展。展览当天，人头攒动，大家看到过去的照片，充满回忆，相谈甚欢。

# “刀芒与针尖”
## ——倪小舟竹刻、刘昭艳刺绣非遗作品展

2022 年 11 月 22 日下午，“刀芒与针尖”——倪小舟竹刻、刘昭艳刺绣非遗作品展在玉山美术馆开展，共展出竹刻作品 54 件、刺绣作品 55 件，吸引不少市民前来欣赏。据了解，此次非遗作品展将持续 25 天。

非物质文化遗产是一个国家和民族历史文化成就的重要标志，是优秀传统文化的重要组成部分。天下最精妙的图画，不能再现其美丽；天下最有力的词汇，不能传达其深远。此次“刀芒与针尖”——倪小舟竹刻、刘昭艳刺绣非遗作品展是一次非遗技艺的碰撞与体验，也是一次传承中华优秀传统文化的创新方式。

苏州竹刻非遗传承人倪小舟是土生土长的昆山人，他长期潜心于竹艺，热情致力于竹文化的收集、整理、研究和推动，以凝练、清雅的竹艺之风著称。而刘昭艳则是新昆山人，她出身于刺绣世家，从小学习

KSND
昆山高新区
刀芒与针尖

刺绣，几十年如一日刻苦钻研刺绣艺术，近年来频频获得刺绣作品大奖。作为苏绣（昆山刺绣）非物质文化遗产传承人和江苏省乡土人才“三带”新秀，刘昭艳一直积极地传承着刺绣手艺和传播着民族传统文化。

近年来，昆山高新区一直坚持为非遗“见人、见物、见生活”的保护理念，不断推进传统文化的创造性发展，让更多非遗项目回归现代生活，守护城市文化基因，让更多人感受非遗文化魅力。为此，昆山高新区成立非遗传习基地，组织开展非遗文化公益活动，面向全区干部群众，通过非遗文化讲座、非遗培训课程、非遗作品展览等形式，让非遗“活”在当下，“火”在当下。

# “仰望石门”——石门十三品清拓精品展

苏州大学教授、博士生导师，江苏省文史馆馆员周秦，苏州广电总台副台长、江南文化推广人沈建良，民进中央委员、民进江苏省委常委、民进开明书画院执行院长徐圭逊，苏州市文广旅局四级调研员顾晓宇，著名作家、文化学者祝兆平，苏州市书协艺指委委员王歌之，苏州市书协副主席徐世平，苏州市书协副主席邱文颖，书法家王大夷，展览策展人王渊清，中国书协学术委员会委员顾工，苏州市教育局书法美育名师工作室领衔人庆旭，苏州市青年书协主席陆晨辉，镇江中泠印社顾问李国华，镇江中泠印社副社长石正海，昆山市政协副主席、昆山市工商联主席宋建华，昆山市文联党组书记、主席冯惠清，昆山市文联党组副书记、副主席黄劲松，昆山市文联副主席包峰，中国昆

剧古琴专家指导委员会委员、国务院特殊津贴享受者杨守松，昆山市书协名誉主席陆家衡，昆山市书协顾问程振旅，昆山市书协名誉主席俞建良，昆山文联副主席王金春，昆山市书协顾问王清，昆山市老干部书画协会会长周鸣，昆山市委宣传部文化艺术科科长周俞，以及来自上海、苏州、无锡等地的金石书画爱好者，苏州市教育局名师工作室全体学员，昆山市书协主席团成员、理事、部分会员代表等参加了开幕式。

赓续历史文脉，谱写当代华章。2023 年 7 月 5 日，习近平总书记来到苏州，实地考察了古城保护和文化传承，并深刻指出，建设中华民族现代文明，是推进中国式现代化的必然要求，是社会主义精神文明建设的重要内容。此次展览，为石门书法研究提供了宝贵的资料，对书法艺术的普及传播具有推动意义，大大地丰富了民众文化生活，提高了文化素养。

# “指墨春秋”

## ——顾鹤冲先生诞辰八十周年绘画文献展

2023 年 12 月 28 日，“指墨春秋”——顾鹤冲先生诞辰八十周年绘画文献展在昆山高新区陆家衡艺术馆举行。本次活动由昆山市委宣传部，昆山市文体广电和旅游局，昆山市文学艺术界联合会指导；昆山高新区党群工作部主办；昆山高新区文学艺术界联合会，昆山高新区文化体育站承办；昆山市文化馆，昆山书画院，陆家衡艺术馆协办，昆山市文体广电和旅游局副局长金磊，市文联副主席周晓佳，玉山镇人大主席、高新区文联主席陆轶峰，高新区党群工作部副部长张振华等相关部门领导参加本次活动。

本次活动特别邀请了国家文物鉴定委员会委员、南京博物院研究员鲁力、《书画艺术》杂志总编薛源、苏州美术家协会主席陈危冰等

文化界、书画界的专家学者们，以及顾鹤冲先生的家属、学生、生前好友，和书画爱好者及新闻媒体朋友。

昆山玉山镇人大主席、昆山高新区文联主席陆轶峰为本次开幕式致辞。陆主席表示："希望通过这次展览，能让大家走近顾鹤冲先生，感受先生作品之美，以此为契机，打开一扇艺术之门，引领大家进入中华传统文化的斑斓世界，助力中华传统文化的传播与传承。"

市文体广旅局副局长金磊，市文联副主席周晓佳，高新区党群工作部副部长张振华，国家文物鉴定委员会委员鲁力，昆山市书协名誉主席陆家衡，家属代表顾鹤冲先生的夫人林永秀女士共同为"指墨春秋"——顾鹤冲先生诞辰八十周年绘画文献展开幕式剪彩。

顾鹤冲先生在苏州乃至全国的书画界都具有一定的影响力。特别是他以指画为媒，一生创作了无数精品佳作，将中国传统文化和现代艺术精神结合得淋漓尽致，是昆山文艺界的杰出代表。本次展览除展出顾先生作品 80 多件外，还有一批珍贵文献资料首次展出。这不仅是对顾鹤冲先生艺术成就的回顾与展示，也是对中华优秀传统文化的一次传承与弘扬。

2023 年，为助力“江南文化”品牌塑造，昆山高新区以陆家衡艺术馆为平台推出文化建设品牌“玉峰雅集”，雅集以玉峰文化讲坛、名家书画展览、传统文艺集萃三位一体作为主要展现形式。5 月，以“江南老词客”——黄异庵书法、篆刻、文献展，拉开了“玉峰雅集”的序幕。

未来，昆山高新区也将积极探索新时代文化发展的新路径，传承弘扬新时代“昆山之路”精神，以文养心、以文育人，充分发挥文化的社会教育作用，以项目化方式推进优秀文化传承发展，推动地方文化优势转化为发展优势，为中华文化的繁荣与发展注入新的活力。

玉峰佳处

# 昆曲漫谈二则

陈 益

## 千人石的唱曲狂人

明代嘉靖年间，苏州虎丘山开始出现中秋曲会。到万历年间，已成为一项曲家较艺逞技和群众性唱曲游乐活动。散文家袁宏道在《虎丘记》中，曾以十分生动的语言描绘了虎丘中秋曲会的场景："每至是日，倾城阖户，连臂而至。衣冠士女，下迨蔀屋，莫不靓妆丽服，重茵累席，置酒交衢间，从千人石上至山门，栉比如鳞。檀板丘积……已而明月浮空，石光如练，一切瓦釜，寂然停声，属而和者，才三四辈。一箫，一寸管，一人缓板而歌，竹肉相发，清声亮彻，听者魂销……"

这绮丽的梦景，优雅而繁盛，是人人都可认同的时尚，人人都可追逐的意趣。华美的篇章成为苏州每年中秋佳节的必备节目。有人从小时候就开始热衷于参加虎丘曲会，十分迷恋，直到年逾古稀仍不愿中断。

偶尔地，虎丘曲唱也会出现奇特之音。说是明代的某一天，有两个不速之客特地从遥远的陕西来苏州虎丘，参与千人石演出活动。从船上登岸后，一位名叫康海的，披虎皮为衣，另一位名叫王九思的，身穿葛巾野服。他们一边走，一边以秦音对话，恰好被苏州少年听见了，觉得两人的土话怪怪的，忍不住嘲笑几句。他们听到了，却毫不理会。

到了千人石那里，曲会很快开始了。苏州人奏响了丝竹乐器。没想到，演唱的第一首曲子就是王九思所作的【绛都春序】。康海不由得意地“嘿嘿”笑了。一曲唱罢，他起身对周围的人们说：“你们谁愿意借我乐器，我也可以露一手哪。”当地人见他穿着怪异，带有难懂的陕西口音，有的说愿借，有的说不借，最后不知是谁，竟然塞过来了一把琵琶。康海也不管三七二十一，拿起琵琶就弹，边弹边唱，竟唱得曲折流丽，字若贯珠。

唱了一会儿，听到千人石上喝彩声声，王九思笑着说：“好啦，可以停止了。”于是将琵琶留在千人石上，重新回到过夜的船上。人们后来才发现，这两个不速之客，竟然都身怀绝技。

这是清初学者宋直方在《琐闻录》中记载的一则有趣的故事。

有不少研究者认为，是康海和王九思创立了秦腔。他们曾经置有戏班，所作剧本，是宫调联曲体，与元杂剧体制相同。王九思作的【绛都春序】一曲，在明代确实曾风靡一时。

王九思于明弘治九年（1496）及进士第。当时，文渊大学士李东阳任宰相，十分赏识他在会试时所作《端阳赐扇》一诗中“谁剪巴江，天风吹落”等佳句，留王九思为翰林院庶吉士，一年后即在翰林院参与编修国史。正德四年（1509），升任吏部考工员外郎等职。他在吏部任职期间，剔除弊端，选贤任能，辞去不称职的官吏。而且不媚权贵，受到时人赞赏。

然而，由于狷狂正直，王九思也得罪了不少人。不久，就被宦官刘瑾案株连，贬为寿州（今安徽寿县）同知。在寿州任上，他忠于职守，处理诉讼、防备盗患、修筑城防和阳河渠，颇有政声。孰料，仅仅一年，四十三岁的王九思，正当中年有为时，又以瑾党根除未尽之由，被迫归回故乡陕西鄠县（今西安市鄠邑区）。

走出故乡，又回到故乡，一切都像是做了一场梦。王九思明白，狂人不为官场所容，却绝不愿改变自己，依然以狂人自居，以狂人自傲，宁肯躬耕陇亩。除了从事农业、施舍医药、教育生徒，他把自己的主要精力集中在文学和戏曲创作方面。

在农事之余，他写成了传奇《杜甫游春》，心里很高兴，觉得完全能以此终老，自得其乐。《杜甫游春》描写杜甫春天闲游长安的故事，由此痛责李林甫的罪恶，揭露了“昏子谜做三公”的荒唐现实。杜甫下决心拒绝征召，乘槎渡海，去过隐居生活的形象，其实是王九思自己的化身。他不过是借杜甫之口，倾吐狂人的愤懑。谁知一些亲朋好友随意指责，甚至写文章批评。狷狂的他实在咽不下这口气，大发雷霆。幸而一场冲突很快就消弭了。后来，他摆下酒席，请文学家、戏曲家李开先来评点，并一起修改文词、音韵。李开先的批评既诙谐又中肯，宾主遂尽欢而散。

## 《牡丹亭》里的“海宝”

《牡丹亭》攀搭海上丝绸之路，不为赶时髦，而是因为当年汤显祖早就赶了时髦。你看第二十一折《谒遇》，就涉及通事、番鬼、海槎、市舶，跟游园、惊梦迥然而异。汤显祖似乎感受到了大航海时代的到来，自然而然地付诸笔端。精心制作的传奇，并不局促于小小牡丹亭，而是充分拉开地理空间，从南海之滨写到北国边陲。柳梦梅得到识宝大臣苗舜宾的资助，千里迢迢从广东赴京赶考时，恰逢金国在边境作乱，杜丽娘之父杜宝奉皇帝之命，赴前线镇守。南海商舶与北国番邦构成诡谲的联系，成为“情不知所起，一往而深”的背景。

生员柳梦梅在广州府多宝寺——一座番鬼们建造的寺庙，见到了识宝钦差苗舜宾，央求看宝。星汉神砂、煮海金丹、铁树花，猫眼精光射、母碌通明差、靺鞨柳金芽、温凉玉斝，还有明月珠、珊瑚树……光是这些奇异的名词，就足以令柳梦梅惊讶万分。他问宝物的来路有多远？苗舜宾说，有远三万里的，至少也有一万多里程。他又问，这般远，可是飞来、走来？苗舜宾笑道，哪有飞走而至之理。都因朝廷重价购求，自来贡献。“大海宝藏多，船舫遇风波。商人持重宝，险路怕经过。”老旦扮演的僧人唱的前腔，形象地描绘出一番海上丝路景象。

柳梦梅念道，“南海开珠殿”，苗舜宾答曰，“西方掩玉门”。看似俗套，竟也蕴含重要信息。海上贸易发达，海舶纷至献宝，恰是明代陆上丝绸之路被阻断的结果。关闭一道门，就可能开启一扇窗。此刻，苗舜宾一再强调眼前的这些都是真宝，渴盼脱颖而出的柳梦梅，关心的却是实现自身价值。鸡同鸭讲，戏就这样好看了。

汤显祖是一个极其有个性的书生。他不愿意跟在别人后面亦步亦趋，墨守成规地做官，既务实又愿意创新。在南京礼部主事任上，因为一篇《论辅臣科臣疏》直指申时行等人的行径，震动了朝廷，被贬到雷州半岛南端的徐闻县，做了个编外典史。徐闻曾经是重要的贸易港口，尽管汤显祖到达时，其海运界的地位已悄然让给别处，但与番国的海上贸易，终究他是耳闻目染的。何况，写作者天生有对于不同事物的敏感。一年后，他调任遂昌知县，过完年，开了春，就备好酒菜，执牛鞭下乡劝农。所以《牡丹亭》中有“劝农”一折。把海上丝路的元素引入自己的传奇毫不为怪。

事实上，让汤显祖感受海上丝绸之路的，不只是徐闻县。

万历十一年（1583）癸未科，江西临川汤显祖为第三甲第二百一十一名，直隶昆山徐应聘为第三甲第二百一十二名。两人不仅名次靠近，仕途也有相似的坎坷，徐应聘于万历二十一年（1593）弃官回籍，汤显祖则在万历二十六年（1598）离京还乡。显然由于志同道合，又对戏曲有相同爱好，汤显祖离京还乡，顺道来到了昆曲发源地昆山，居住在徐应聘的家中。据《昆新两县续修合志》卷十三记载，于路日撰的《牡丹亭》，正是在地处片玉坊（今南街）的拂石轩内完成的。戏本甫一誊清，立即被当地曲友拿去，抢了首演头功。

太仓人、万历首辅王锡爵雅好昆曲，而且与汤显祖有师生之谊，他听说汤显祖在写《牡丹亭》，马上派人暗通汤显祖的随从，窃写后拿回太仓，交给家里的乐班演出。等到汤显祖从片玉坊乘船沿娄江东去，将剧本放在衣袖中拿去请王锡爵过目时，他笑道，“我早已熟读了”。

出自苏州娄门的娄江，北折环绕昆山城区，古人称之娄曲。再往东通向太仓的一段称太仓塘，即浏河。浏河入海口，便是刘家港。这是三宝太监郑和下西洋的起锚之地。从永乐三年（1405）到宣德八年（1433），无数精美绝伦的丝绸、陶瓷、苎布、茶叶、铜器，一路经由娄江运往刘家港。而来自海外的“明月之珠，雅鹘之石，沉南龙速之香，麟狮孔翠之奇”之类，同样也溯江而上，转道苏州运往京城。汤显祖未必见到过肤色黧黑、衣着怪异的外国使臣，但昔日海外贸易的种种，不至于漠然无闻。

《牡丹亭》传奇，不仅有梅边柳边，伤春寻春，也不仅有卿卿我我，死死生生。完整地读过五十五折，就可以发现，汤显祖让柳梦梅触及海上丝路的绮丽，赞助到了一些盘缠，却没有与奇人异宝产生任何交集。到了北方，也并没有让他参与兵戎。这是作品爱情至上的主题使然，一往情深的读书人介入海事风云、疆场烽烟，也未免失真。作为戏曲大家，汤显祖怎么愿意丢分呢？

令人感兴趣的是以庭院深闺、市井庙宇、戍楼羌笛和海槎市舶等构成的明代社会风貌。这是《还魂记》梦境中特别真实的部分。“人世之事，非人世所可尽。”非物质文化遗产的精妙，不正在此？

# 古拙绝伦的方还书法

陆家衡

在昆山近代史上，方还（1867—1932）是一位颇具影响力的风云人物。他早年潜心经世之学，致力于地方教育，于清光绪二十七年（1901）创立了昆山第一所新式学堂——樾阁学堂，并任主讲。是年又创立亭林学会，效仿明末复社，以讲学为名，呼吁推行地方政治改革，还当过昆山商会会长。辛亥革命推翻帝制后，被地方士绅推为昆山县民政长，主县政。数年后辞职北上，先后任北京女子师范学校校长、南通女子师范学校校长、上海招商公学校长等。晚年重回政坛，任江苏省省长公署机要秘书、南京国民政府交通部秘书等。方还毕生热心于地方事业，诸如关心民生、办学助学、疏浚河道、保存文物等，是一位兼教育家、政治家于一身的社会活动家。方还还是一位学者，他学识渊博，工诗词辞章之学，尤精于书法，一生留下了不少佳作。

我从 20 世纪 90 年代开始，就留心收集方还的史料。先是在昆山书画院工作时，妥然接管了由昆山市文联唐汉民先生移交的方还墨迹对联，此联原为苏州瓦翁先生所赠，现由昆仑堂美术馆收藏。在昆仑堂美术馆工作时，几经周折，查访到由政府机要室保管的 2 件方还书法作品，均为朱福元先生在 20 世纪 80 年代初所捐赠，现归昆仑堂美术馆收藏。近十几年来，方还的书法作品在国内的拍卖会上频频出现。为使地方文献不致散失，昆仑堂美术馆的同人们不辞辛苦地四处奔走，经过甄别鉴定，共收集到方还书法作品 30 余件。其中包括立轴、条屏、对联、扇面、册页、信札、碑铭等，较全面地反映了方还书法的特征和风格，为研究方还提供了第一手资料。

对于方还的书法，前人评述甚少。这是因为方氏是一位社会活动家，不以书名显于时之故。仅见近人陈运彰《纫芳簃琐记》云："（方还）书法颜真卿，略变其体而有自己面目，古拙绝伦。"这段话虽然很简短，但对方还书法作了较为客观的评价。

目前能见到的方还最早的书法作品是其 35 岁（光绪辛丑，即 1901 年）时所书的《叔艺帖》扇面一帧，用笔峻朗遒厚，结体精整紧密，饶有小欧《道因法师碑》和《张黑女墓志》的余绪，看不出有半丝颜真卿的影子。可以推测，方氏早年学的是欧阳询而并非颜真卿。民国二年（1913），方还为胡石予《近游图》题跋，书风显然和 10 年前大不一样。起笔裹锋入纸，点画圆浑遒劲，颜书的特征已经很明显，唯结体略显严整紧结，尚留欧书遗意。其实即便在方氏晚年的书法作品中，仍然保留着欧书的某些特征。可见方还书法由欧转学颜，重在作笔法的调整而不求形似和同为学颜的翁同龢、谭延闿诸人相较，取舍不同是显而易见的。

方还中年以后对颜真卿书法的研习，可谓倾其全力，至老弥笃。其 50 岁前后所作行书《墨翻笔挟七言联》，化楷为行，有飞动之势，笔墨老健，显示出深厚的颜书功力。方还在学颜真卿的同时，还探源于汉魏六朝，对钟繇、王羲之以及北朝石刻，广征博采，逐渐形成了自家古厚、奇拙的书风。这个时期的作品，如正书《圣功归求五言联》，在用笔和结体上明显取法于北碑。行书《陆放翁诗》的用笔，则由北碑派生而出，取势或方或圆，或欹或正，变化无常。60 岁时所作行书《罗浮金匮八言联》则稍变颜书体势，参《集王羲之书圣教序》笔意，笔力遒劲中平添了几分从容自然的意趣。63 岁所书《王文华神道碑》，端楷正书，有晋《爨宝子碑》及北朝碑版的遗意。64 岁所作行书《临争座位帖》则姿态雍容，不拘形似而神完意足，颇受刘墉、何绍基的影响。66 岁所作行书《黄山谷跋语四条屏》，书风已明显跳出了颜书的藩篱，融合碑帖的用笔，跌宕起伏，沉稳而不拖沓，流畅而无浮滑，随势取形，不主故常。晚年所作行书《塾师诗》，气势洞达，上呼下应，左盘右旋，在不经意中妙绪环生，古拙绝伦。碑派行书能达此境界，在晚清的书家中是不多见的。

方还所处的时代，一方面由于乾、嘉以后碑学的盛行，书坛受阮元、包世臣等人扬碑抑帖理论的影响，无人不学北碑。至康有为《广艺舟双楫》问世，使碑学理论形成体系，影响更大。另一方面，由于北碑无行、草书，帖学在案牍和书札形式上，仍然占有不可替代的优势。特别是进入清末民初以来，政事多变，思潮时新，废科举，办新学，士人多不愿规矩于波磔界格。行书书写便捷，应用广泛，世人都好之，碑学家也难于违拗。因此，碑、帖各成体系但又相互融合，已成事实。书家对于传统的认识，眼界更为开阔。不但甲骨文、金文、汉隶、北碑受到青睐，而且对于“二王”和宋元明清以后的帖学，有了更深层次的认识，出现了像何绍基、赵之谦、吴昌硕、沈曾植等以张扬个性而名重一时的书家。

他们对传统的学习采取了另辟蹊径、博采众长的方法，偏师出奇而卓然成家。另一类书家则大部分是学者和政治家，他们不以书法为专业，虽然也写碑，但不走偏路险境，不以怪异标榜，行书大多数脱胎于颜真卿，又善于将碑帖的笔法熔为一炉，和而不犯、腴润苍厚，避免了帖学浮滑的流弊。如翁同龢、杨守敬、罗振玉等人的作品，往往不以奇怪夺人耳目，但细细体味则如陈年佳酒，耐人寻味，方还的书法就属于这一类型。

方还论书有独到见解，显示其深厚的学养与见识。如行书《论书》云：曼生书从汉隶来。或谓其兼习汉魏碑阴，故疏散入古。蝯叟篆内隶外，故雄深雅健。石庵瓣香华亭，然未能道原于随（隋）唐以上，此一蔽也。郘亭浑朴亦无时习。李眉生、赵㧑叔均为北碑之杰。

乾、嘉以后，篆隶盛行。曼生陈鸿寿、蝯叟何绍基、㧑叔赵之谦都是碑学时风下的大家。陈鸿寿酷嗜摩崖碑版，于汉《开通褒斜道刻石》“心摹手追，几乎得其神骏”（清方朔《枕经堂题跋》），方氏对其作了“兼习汉魏碑阴”的补充。何绍基用笔“篆内隶外”，一语点明了其书法“雄深雅健”的缘由。被康有为称为有清一代“集帖学之成”（康有为《广艺舟双楫》）的刘墉，心仪于董其昌，晚年癖好北碑，可惜精力已衰，未能深造。方氏在惋惜之余，也道出了自己为什么对汉魏六朝碑版情有独钟的原因。郘亭是莫友芝的号，贵州独山人。道光十一年（1831）举人，官知县。精于诗，工真、行、篆、隶书，精金石考据之学。李眉生即李鸿裔，四川中江人，官至江苏按察使，罢官后居苏州。工古文字，精书法，临抚魏晋碑帖无不形神毕肖。这句话从侧面也可看出方氏对自己研习北碑的信心。又如行书《论石鼓文》云：岐阳鼓相传为史籀书，其体势奇古，虚舟酷好之。临本颇能得其自然，唯用剪笔，此乾、嘉以前相沿成习，至吴恒轩氏乃始振笔直书。恒轩于汧鼓得其严整，吴苦铁得其气魄，然苦铁酬应烦，稍伧俗矣。

石鼓文在清代篆隶复兴后受到热捧，虚舟王澍、恒轩吴大澂、苦铁吴昌硕都是重要的推手。在方还看来，被康有为称为“中国第一古物”“书家第一法则”（康有为《广艺舟双楫》）的石鼓文书法，虽然在唐代就受到韩愈的赞赏，宋代欧阳修也做过考证，但乾、嘉以前的书家写石鼓文，皆用“剪笔”“相沿成习”，即便好古的王澍亦不能免。吴大澂是第一个“振笔直书”之人。

吴昌硕曾当过吴大澂的幕僚，在书法上当然亦受其影响。他一生临石鼓文最勤，一日有一日之境界，以沉雄和气魄撼人独步晚清书坛。但吴昌硕由于长期鬻书卖画，应酬作品难免沾染习气。写得太多、太熟，且囿于成见，习气亦在所难免。方还直言不讳地批评吴昌硕，即便在今天看来还是不无道理的。

方还博学好古，于诗文、书画都有很高的造诣和独特的见解。昆仑堂美术馆藏有一件《汤贻汾画梅册》题跋散页，方还跋云：有清画梅，其精到处皆突过前贤，各有气味。冬心似禅，叔美似处女，玉壶似幽人，两峰似山鬼，山民似古君子，而琴隐老人宛兮罗浮散仙也。冬心、叔美、玉壶、两峰指的是金农、钱杜、改琦和罗聘，他们都是乾、嘉、道时的绘画名家 。山民即吴江画家徐达源（1767—1846），字岷江、无际，号山民，他是袁枚弟子，与洪亮吉、法式善有莫逆之交，工诗文善绘画，所画墨梅简老疏古，山水小幅亦有独特风格。琴隐老人即汤贻汾，以画梅著称于时。方还跋语虽寥寥数十字，但对清代画梅六家的风格与特色，作了形象而又恰切的比喻，显示了其深厚的学养与鉴赏能力。《汤贻汾画梅册》今不知所终，日本《南画大成》有著录。

今天我们所能见到的方还的书法作品，其书写内容大都为自作诗文。吟咏比兴，言辞释怀，皆随兴而作，处处流露出恂恂儒雅的书卷之气。如行书题《蛱蝶图》：

一年一度韶光老，赢得春风蛱蝶图。
芳草落花人意懒，不堪惆怅对三吴。
春去秋来年复年，蝶衣黄到夕阳边。
江山一角余残梦，梦里分明世外仙。

允之兄出图属题。春残南国，蘧然蒙叟之身；秋入西江，凄绝滕王之阁。笔梦已散，诗心不仙。离垢无天，埋愁何地。率尔感赋，写我郁伊。他日或不与飞灰俱烬，亦留得一劫外缘也。方还再题并识。

诗为心声，咏物诗也同样能表达诗人的情感。方还诗诸体皆工，律诗沉稳古健，绝句自然空灵，古风则文思若涌。题《蛱蝶图》的两首绝句是其身在他乡时郁结与惆怅心境的流露，后跋用六朝词赋骈文句式，尤为洗练瑰奇，显示出深厚的古文词赋功力。方还论诗主张“有味”，所谓“诗要有理，有理而后有意，有意而后有味，至于有味，而天下之至言也”（方还行书《论诗》)。读其诗细细品味，所论极为精辟。

2015年，上海泓盛秋季拍卖会有一件方还、罗贤的书画成扇，方还书扇清劲遒丽，颇得《集王圣教序》笔意：扬州陈氏欲从余游，以王惕甫手写集外文为贽，有自序。惕甫文宗震川，言之有序，然弱不举重。其为书淹雅，盖宗松雪、北海，而参以华亭，卓然可传。集外文行楷尤严整有法，中数篇为墨琴书，盖夫妇手录韵事也，义当归苏州王氏珍藏之。这是方还书赠友人王君直的一段记事。大意是，扬州有一位陈姓的学生，将王芑孙（号惕甫）的手稿作为晋见之礼赠我，有自序。王芑孙文章学归有光，言之有序，然弱不举重。他的书法高雅，学赵孟頫和李邕，并参以董其昌，卓然成家，可传后世。集外之文的行楷书尤严整有法。其中数篇为曹贞秀（字墨琴）所书，这是他们夫妇手录的韵事，理应归苏州王氏珍藏之。王芑孙是清代乾嘉学派的重要人物，方还对学生所赠的前贤珍贵手稿，赞赏之余却表示不能占为己有，其胸襟之磊落、品行之高洁于此可见一斑。

昆仑堂主人朱福元先生的夫人方韦女士，是方还的孙女。据方女士回忆，祖父方还读书过目不忘，古文能一字不漏背诵，书法儒雅有书卷气。治学严谨，文必据典，字必有由，故慕名前来求墨宝者门庭若市。先生尤嗜好碑帖，家藏历代碑帖拓片计有数百种之多，其中不乏珍贵善本。经常会在梅雨季节后的三伏天，拿到太阳下曝晒，南方人称之为晒“墨老虎”。每获佳本，先生端坐终日，赏玩不倦。夜则收置箧中，与枕同眠。其好古若此。

# 我的表舅田洪先生

陈琰

田洪，大家都知道，是昆山人，一名美术史学者，专治于中国绘画史。

田洪，又是我的表舅，从小我就认识他、熟悉他。

他的母亲是我外婆亲姐妹，所以，田洪是我的亲表舅。他年少时父母便双双离世，我记得非常清楚，当年我们家住在亭林路一个院子里，当时我还很小。一天清晨，16 岁的表舅来到我家，臂上缠着黑纱，他目光轻柔地抬眼看着我家墙上的照片，我睡在照片下的床上，仰头看向这位表舅，这也是我第一次见到他。我妈妈，也就是他的表姐，正嘀嘀咕咕地关照他："你爸爸也走了，以后你就要懂事了。"他没说话，只是温和顺从地点着头，眼睛还是看着墙上，从那天起，我知道，这位温和的我的"小洪表舅"成了孤儿，并且由我妈妈当他的监护人。

我妈妈是个传统的人。她认为表舅应该拿着父母留下的钱太太平平工作和成家，她帮表舅存着钱，只待用在表舅的人生大事上。然而，小洪表舅从小痴迷于中国画艺术，从来没有因为资金匮乏而放弃追求。我跟着妈妈去过表舅家，家是非常简陋的，但是桌子上铺满了宣纸，以及他的画作。我妈妈是不悦的，又嘀嘀咕咕地劝说他，大意就是让表舅不要乱花钱。表舅还是温和地答应着，但是答应归答应，表舅始终没有改变过他的理想。

我妈妈担心年少的表舅乱花钱。因为表舅父亲没留多少遗产给他，而表舅又痴迷于画画，挺多钱用在画画上，于是我妈妈管他用钱。最后一笔钱是表舅来向我妈妈要的，非要去扬州找老师，我妈妈劝说了他一下午，让他不要去扬州，节省最后那点钱。表舅态度非常好，不争辩，安静地听着，等我妈妈说累了，他抬眼跟我妈说："阿姐，钱能给我吗？我要去扬州！"我妈妈气坏了，说："我白讲了，好，钱你全拿去，以后你自己看着办吧。"于是，他父亲留下的遗产，我妈妈全部给了表舅。

其实，我妈妈还是支持表舅画画的，帮表舅请到了当时昆山画家顾鹤冲教授表舅画画。对此，表舅非常感恩，他跟我讲的时候，我明显感觉到了这一点。

1985 年，表舅、黄晓岩及另一画友去河南嵩山写生。当时的交通不发达，他们前一天下午 1 点从洛阳白马寺徒步，次日凌晨 5 点抵达嵩山山顶。这样的近乎朝拜的方式来到胜地写生，足以见得表舅心中的理想多么坚定。

表舅终究还是有一个读书人的梦的。他在年少习画后，逐渐爱上了艺术史研究。这得追溯到表舅年轻时，那时候，他家老房子里没有书架，靠窗，那个窗口挺大的，正好可以放书，他放了一排书，怎料被一个邻居看到，觉得表舅挺用功的，家境不好却还执着于钻研文化艺术，就跟自己女儿、一位美籍华人徐振玉女士说起了表舅。后来，回国探亲的徐女士悄悄地跟表舅说："你不要跟家里兄弟姐妹任何人说，我每年给你钱。"她每年寄给表舅 50 美金，一年大概给表舅寄两三次，让他买书，一直到表舅成家，连续五年，表舅说永远忘不了这个事情，忘不了这份恩情。

几乎在那段时间里，表舅经常跟徐女士通信，汇报学习读书的情况。曾经有一年，徐女士陪她老师到沈阳故宫，徐振玉女士的老师，是一名著名的收藏家，叫王季迁。徐女士说："田洪你能不能赶到沈阳来，我来给你介绍一下王季迁。"表舅那个时候在印刷厂工作，收入不高，迫于付不起车马费，表舅没能去成沈阳。

然而真是很有缘分，徐女士又一次来到中国参加一个活动。她说，她明天要到扬州去。那时候表舅已经拜扬州的薛锋为师，然后表舅问，您到扬州去找谁？徐女士说找薛锋。“哎呀！”表舅说，“巧了，薛锋就是我老师！”

机会都是给有准备的人，这样的机缘巧合也是给表舅更多的机会和治学资源。

表舅那时在印刷厂上班，但是他是请假最多的一个员工，并且在业余时间关注于美术史的文献梳理。至今他仍保留着20世纪80年代二百余万字的手稿。星期天的时间，表舅都是早晨一早骑自行车到苏州大学——那时叫作江苏师范学院的图书馆，还有苏州图书馆的古籍部。他大概去一趟要一个多小时，回来也是骑自行车，自带一些干粮、茶水，在卡片上记录一天。20世纪80年代中期，从印刷厂辞职后，表舅经常到北京的国家图书馆查资料，看到好的书就复印，往往是整本整本地复印，都是用自己不多的积蓄。表舅回忆说，他后来多次去台湾，一次游山玩水的经历都没有，就是取道台湾的故宫博物院文献馆、台湾中央研究院的傅斯年图书馆，以及台湾的图书馆，主要查找大师张大千的资料，来回的路费花销不少。

20世纪90年代末，表舅在老城区前进路段开了一家“昆山三联书店”。在那时，书店里就有书吧，放了一些椅子，有软饮提供，允许大家只看不买。当时，书店吸引了大批文学青少年，新华书店都被比下去了。于是一些作协的文化活动也经常在书店举办。可以说，书店红了，田洪也红了。

我是很钦佩田洪表舅的。当年经常到他书店里参加文学活动、买书读书。他的书店可以说是当年第一批民营书店，因为懂书，里面的书品位自然不俗，把我们这些文学青年的文学眼光提高很多。我买了博尔赫斯的短篇小说集，刷新了我对短篇小说写作的认识；我还接触到张爱玲，当年真是成了张迷，为自己的小说创作提供许多的灵感，可以说，是张爱玲的小说让我开了窍；我还看到了许多最新出版的新生代文学作家的作品，一切都是那么新鲜。我一有空就钻在书店里读书、买书，如痴如醉。我就是在这样的熏陶中走上了文学写作的道路，因为，我有了崭新的视野，我也有了不庸俗的品位。著名诗人柯平的著作《阴阳脸》就有这样的记载。他当时为了考察明代《梅花草堂笔记》的作者张大复，和朋友一起来昆山实地勘察，住在军分区招待所长城宾馆，饭后逛书店，对“三联书店”的品位赞赏有加，他没有想到昆山这么一个小地方，居然有一家这么高品位的书店。

表舅开书店摆脱了经济拮据，但是他到底是个读书人，对金钱并不是太追求，赚的钱很多都用来买书研究。后来索性把书店盘给了别人，他要有更多的时间去读书、研究。所幸的是，表舅有个无限支持他的爱人。表舅田洪在我们这些亲戚中，略显寡言。我小时候经常到他家里，我也很喜欢舅妈。舅妈是东北姑娘，很看重表舅人品。以前我去他们店里，舅妈就跟我说，田洪想法多，她都跟不上。当表舅不再经营书店后，舅妈还是支持他，自己找工作挣钱，从来没有微词。

是金子总会发光。

2012 年，表舅事业开始红火起来。《沈周绘画作品编年图录：全2 卷》由天津人民美术出版社作为重点图书出版。一石激起千层浪，学界顿时注意到这部作品，这部作品不仅填补了中国美术史对沈周研究的空白，而且将沈周存世作品断代提前了 3 年。

这部作品是表舅历时十年完成的处女作。如果从课题选定和资料准备上来说，至少要上溯到三十年前，表舅曾有的一点“野心”。

表舅学历并不高，只有初中文凭。但是他从小酷爱读书，对中国美术史论尤其着迷。读着读着，就开始萌发了写书的想法，而且要写没人写过的书。这在当时年代，真是一个“梦”一样的存在。但是，表舅就是用年轻的冲劲和积累实现了这个梦。20 世纪 80 年代，他的工具就是一辆自行车、一叠稿纸、一支钢笔，他来往于昆山和苏州，去苏州大学图书馆、苏州图书馆古籍库查资料的过程中，表舅研究沈周的方向明确了，女儿成了他的得力助手，帮他把钢笔字摘抄变成了电脑打印稿。

随着学问的积累，表舅的视野也开始开阔起来。他开始从世界各地买画册，只要是他研究的范围，他就不惜花大价钱去购买。有一次，表舅看到一位美国汉学家的论文，讲到沈周的创作时间比他先前所知提前了 3 年，为了得到证实，他到处打听，终于托人在英国买到了一本博物馆藏画册《千岩万壑》，其中收有沈周 35 岁仿画《山水图轴》，就为买这本画册，表舅就花了 3000 元。

我一直很好奇表舅的书斋。记得当年对顾阿瑛的故事感兴趣，我便用周末时间来到表舅的家，表舅给了我一大叠关于顾阿瑛资料的打印稿。他的书房真是一个书库，地方不大，堆叠着许多的资料，都是从各处图书馆网络中买下的资料下载打印成册，仿佛觉得你要的资料他都有。他还有一台挺大的打印机、一台电脑。他当时的经济并不是很富裕，寻常人家也都没有打印机，但他却毫不吝啬地添置了这些物件。我真是很喜欢他的书房。那才是真正的书房，不大的面积被充分地利用规划，只是，我很担心他们家的楼板可吃得消这么多书籍和资料的重量。

那段时间令人难忘。时值盛夏，我每周去，表舅都会给我泡一杯茶，我就用签字笔抄录资料。可以说当年那个勤奋的我，在表舅家里是心存尊敬与满足的。每个下午时间悄悄流淌，表舅也不来打扰我，给我安静的空间，任我在资料堆里查找收集我要的内容。后来，许多外地的学者都闻讯赶来聊天、查资料，表舅家的书店就有点微型图书馆的样子了。

在《沈周绘画作品编年图录：全2卷》出版之后，表舅的研究领域有了突破，编著有《龚贤书画集》、《龚贤研究文集》（与颜晓军合编）、《王季迁藏中国历代名画》（全二册）、《王南屏藏中国古代绘画》（全三册）、《傅申书画鉴定与艺术史十二讲》（与颜晓军、徐凯凯合编）、《张大千文献图录》（与王叔重合编）、《王季迁藏画集》（全三册）、《朱省斋古代书画闻见录》、《傅申论张大千》（与蒋朝显合编）、《张大千画展图录 1935—1983》（全五册）等。

因为成功拜师台湾学者傅申，他每年都要去导师那里学习、探望。在导师那里，他的学术知识不断精进，也让他更为专业地成为一名真正的美术史独立学者。我为有这样的表舅感到骄傲。他现正计划把家里那些书籍资料放到一个合适的研究场所内，那么多有价值的资料，是一定要与国内外专家共享的，这是他的格局。

那天，表舅发来一张照片，他和舅妈正在家里放着幻灯片，是张大千的一幅画作。这样的生活真是太令人艳羡了。那个不怎么大的家，容纳一家老小的开门七件事，更是一所很精巧的文化仙居啊！

最近这段时间我连着看了两场他在 B 站（哔哩哔哩弹幕网）上关于张大千的讲座。用新媒体平台开辟他的事业途径是他的又一项计划，可以让更多的年轻人懂得并爱上中国传统艺术。

诚如艺术史著名学者、中国美院范景中教授为田洪编著的新书《张大千画展图录 1935—1983》（全五册）撰写序言所言："没有人会说田洪所做的工作是高深的学问，但这却是通向高深学问的必由之路……从中我们还将看到兴趣的力量，看到学术机构之外成长的一股推动美术史的力量，看到一种为了内心的满足而不是为了外在的成功而不屈不挠奉献的力量。"

# 母亲的眼泪

叶华峰

有关母亲在我以前的旧作中有一些表述，母亲是一位地地道道的农村妇女，每天除了操持家务，就是干农活，算不上是“面朝黄土背朝天”，但还是很勤恳、辛苦。母亲虽出生于农村，但也上过一段时间的学，在那个年代，初中毕业也算是“高学历”了，算是有一些文化知识的人。母亲天性敦厚、善良、朴实，一直以来都是省吃俭用，即便现在生活条件改善很多，她依旧保持着艰苦朴素的习惯。母亲的伟大在于她的乐观、坚强，不管家庭遇到多大的困难，母亲总是坚强面对，将她乐观的心态展现于众人眼中，即便如此，作为儿子的我，还是记得母亲的眼泪，虽然次数不多，但记忆深刻，那是一种疼惜的泪、心酸的泪、幸福的泪。

记忆深处第一次对母亲眼泪的印记定格在 38 年前，那是 20 世纪 80 年代初期，当时的我刚满两周岁。我在出生不到满月之际，父母发现了我患有脚疾，于是四处求医，从本地的赤脚医生到乡村医院，再到县市级医院，只要有一线希望，就带我过去，在几经努力均告失败的情况下，接受了上海亲戚的建议，远赴上海市儿童医院求医。当时的中国刚刚改革开放，父亲带着靠做油漆工匠活儿赚的钱，带着母亲和我，踏上了远去上海的轮船。在上海看病一住就是三年，经历了三次大的手术，最终还是未能成功，从此以后我人生中多了一条腿——拐杖。

记得第一次手术就进行了 8 小时，手术从上午做到下午，待出手术室，全身麻醉药性退去，我就因疼痛而哇哇大哭。当时的医院有严格的探视制度，是不允许家属陪护过夜的，统一管理，父母在规定的探视时间到了之后，只能眼含泪水离开。看到父母离开，我更是号啕大哭，可就在我扭头转向窗外父母离去方向的拐角处，发现有一双熟悉的眼睛在看着我，那是母亲，此时的她泪流满面，不时用手抹着，那双眼睛透露着心疼与不舍。那是我人生中第一次对母亲眼泪的记忆，虽然过去将近四十年，但依旧清晰，这眼泪包含着对儿子的疼惜，是一种无奈的泪，更是为儿子身体残缺不幸的悲哀。可怜天下父母心，谁不希望自己的子女健健康康、平平安安呢？！

第二次对母亲眼泪的记忆是在十多年前，2009 年，恰逢中华人民共和国成立六十周年之际。那一年，家里新建了房屋，有了翻天覆地的变化。在我从上海医治失败到那年，我们家又经历了太多的风雨。记得我们从上海回到农村，那时的家可以用家徒四壁来形容，因为给我看病，不但花光了父母所有的积蓄，还欠了一屁股债。后来姐姐和我陆续上学，父亲因我脚疾，也不能远行去外地打工，只能在就近的乡镇上做一些工匠活儿，赚钱养家，而母亲依旧守着那几亩田地，春耕秋收，任劳任怨操持着这个家。即便如此，也从未听到父母有任何的悲观与叹息，依旧乐呵呵的，鼓励着姐姐和我好好学习，天天向上。在我读初二的时候，父亲和我又相继得了一场病，这样的打击对本已贫困的家庭来说更是雪上加霜，经济上更是负债累累。庆幸的是，父亲和我后来都康复出院，而姐姐和我依旧求学，读高中，读大学，也算努力，深知知识改变命运之道理。就这样一路走来，到了 2001 年，随着社会经济的发展，父亲做起了小买卖，虽然盈利不多，但也算持续经营。再过了八年，不但还清了先前所有欠债，还稍有结余，于是在乡镇街上买了地，重新翻盖了房子。在房子落成后的一个晚上，全家围聚在一起吃饭，也许是忆苦思甜，也许是苦尽甘来，母亲不禁流下了眼泪，这是一种心酸的泪，是这些年家庭经历风雨过后见到彩虹的泪，是希望的眼泪。

最近一次对母亲眼泪的记忆就是这个4月份。我自2001年高中毕业来江南读大学，毕业后就留在昆山就业、定居，虽然偶尔回老家一次，但大多数时间都在昆山。自去年将房子置换大一些之后，心里就有个期望，想有机会带父母来昆山歇息小住。最近十年，于我个人发展而言也是起起伏伏，工作还算顺利，生活稍有坎坷。但有了残疾锻炼出的乐观与坚强，有了贫困带给我的吃苦与耐劳，这些困难与坎坷都算不了什么，而我依旧自信、自强、自立！母亲自从带我去上海看病回农村后，从未离开过家乡半步，一是怕晕车，母亲只要坐上车就晕，即便从镇上到县市区，也会晕车。二是心疼钱，怕麻烦，过惯了农村生活，不习惯城市的节奏。但在得知我将房子置换大一些后，母亲开始有了一些期待，期待有机会来昆山看看，看看儿子生活的城市，看看儿子居住的环境，毕竟儿行千里母担忧！母亲的期待在姐姐“不遗余力”的反复劝说中有了跨出第一步的勇气。终于在4月中旬的一个周末，母亲在把家里安排妥当之后，和父亲一起坐车远离生活六十几年的家乡，来到了昆山，虽然只有短短两个半小时的路程，但对于母亲来说却是一路漫长，晕车呕吐，到达昆山之后即刻让她休息平复。

在经过一夜休息之后，母亲终于恢复了往日的神情，先带她在家里各个房间、厨房、客厅、阳台看看，再带她到楼下小区转转，而母亲依旧改变不了她那勤劳朴实的习惯，熟悉之后，她挽起袖口，干起了家务，又是打扫，又是拖地，又是做饭，而我也再次品尝到了母亲的手艺，美美地饱餐一番。相聚的时光总是短暂的，在短短两天的日子里，大家其乐融融，幸福感爆棚。在周日等车返程的空隙，母亲坐在沙发上，突然泪流不止，而父亲看到母亲流泪，也抑制不住，我更是无法再忍，眼泪随之哗哗流了下来，母亲边擦眼泪边说，她不是难过，是开心。是想到儿子这些年在异乡奋斗艰辛的心疼，是看到儿子在异乡终能立足的满足，是看到儿子努力得到回报的认可，是幸福的眼泪。母亲临上车还说："接下来有时间我和你爸就会过来，会经常过来……"

"慈母手中线，游子身上衣。临行密密缝，意恐迟迟归。谁言寸草心，报得三春晖。"父母早已过了花甲之年，俗话说："父母在，不远行。"现实社会中，因为生活，不得不背井离乡。就拿我来说，离开家乡将近二十年了，他乡成故乡，故乡成背影。每次回去也是来去匆匆，也就是在这匆忙的脚步中，忽视了父母日渐满头的白发，忽视了父母日益深厚的皱纹，忽视了父母无数殷切的期盼。他们不会在乎你财富的多寡、权位的高低、世俗的风光，他们只希望你多回家看看，那是一种承欢膝下的幸福，是一种大团圆的满足。

感谢母亲给予我生命，让我有机会来到这个世上走一走；感谢母亲抚养我长大，让我虽然残疾而依旧活着；感谢母亲教会我做人做事的准则，她身上的乐观、坚强、善良、朴实，永远铭记于我心里，同时也会潜移默化地影响着我们，成为我们的生存法则。

# 附录（文艺高新）

# 陆家衡艺术馆开馆仪式

2022年6月18日下午，作为昆山高新区文化建设的重要展示窗口，陆家衡艺术馆正式“开馆会友”。苏州市文联副主席、江苏省书法家协会副主席、苏州市书法家协会主席王伟林，苏州市美术家协会主席陈危冰，昆山市政协主席管凤良，市委常委、市委宣传部部长方雪华，市委常委，昆山高新区党工委副书记、管委会副主任孙道寻，昆山高新区党工委委员、管委会副主任沈跃新，市委宣传部副部长栾根玉，市文体广旅局局长苏培兰，市文联主席冯惠清，昆山高新区党群工作部部长龚奕奕，玉山镇人大主席、区文联主席陆铁峰，昆仑堂美术馆、侯北人美术馆、昆山书画院、昆山博物馆、昆山艺术空间联盟负责人，锦溪镇相关领导，黄惇、华人德、邢少兰等特邀嘉宾，昆

陸家衛藝術館

山高新区文联委员及部分会员代表出席活动。

陆家衡艺术馆位于昆山市观林路68号，建筑面积2300平方米，分“杞菊”“衡庐”两个展厅及陆家衡工作室、报告厅。馆内设施齐全，配备恒温恒湿专业展柜，可举办较高规格的艺术展览、学术研讨、书画笔会等文化活动。

作为公益性文化活动场所，陆家衡艺术馆以“昆山名人馆”和“高新区惠民实事工程”项目要求为办馆宗旨。一是宣传展示以陆家衡先生为代表的昆山艺术家群体，在新的时代勇立潮头，无愧前贤的艺术风范和责任担当，提升昆山以及高新区文化事业美誉度和影响力；二是利用好展馆平台，积极组织、承办书画艺术展览，培养书画人才，传承中华优秀文化；三是加强管理，保证收藏品安全，做好艺术普及教育开展公共文化服务，且全年免费开放时间不少于280天。

# 文艺星火燃起燎原之势——高新区文联下属协会成立

盛世兴文，艺满高新。2022 年 9 月 15 日下午，来自昆山高新区文学艺术界联合会下辖的各协会会员代表齐聚陆家衡艺术馆，共同见证了高新区作家协会、书法家协会、美术家协会、音乐舞蹈和戏剧曲艺家协会的成立仪式。玉山镇人大主席、昆山高新区文联主席陆铁峰，昆山高新区文联副主席徐肖军出席大会，高新区文联秘书长王晓云主持会议。

昆山高新区文联由辖区内各机关、事业、企业、村社等单位的文艺人才、党外知识分子、新联会成员、乡贤组成，大会现场各协会分别举行了隆重的揭牌仪式，此前高新区摄影家协会已于 2021 年 9 月 28 日率先揭牌成立，毛庆华任协会主席。随着今日另四家协会的成

昆山高新区美术家协会
成立大会

昆山高新区书法家协会
成立大会

立将为高新区文化艺术事业发展注入新的活力和支持。

大会选举产生了首届协会主席、副主席和秘书长，其中盛永明当选为作家协会主席，徐肖军当选为书法家协会主席，黄晓岩当选为美术家协会主席，刘宏伟当选为音乐舞蹈和戏剧曲艺家协会主席。

各协会当选主席分别在大会上代表发言，他们均表示，在深感光荣的同时，更将以传承历史、弘扬文化、繁荣艺术为已任，同时寄予着区广大文艺工作者和爱好者的殷切期盼，在今后的工作中，将恪尽职守，勤奋工作，努力开创各协会文化工作新局面，用实际行动向区党工委、区文联和广大会员交上一份满意答卷。

各协会成立大会圆满闭幕后，高新区文联举行了工作会议，会上区文联副主席徐肖军作了工作报告，对文联工作进行了总结和展望，各协会负责人畅所欲言，对协会发展充满信心和期望。会议最后，玉山镇人大主席、区文联主席陆轶峰号召与会人员充分发挥人民团体优势，锻造精品、繁荣创作，以优秀的作品传唱先进文化，推动高新区文艺事业的跨越发展。

高新区文联将通过各类群众喜闻乐见的文化艺术形式，在群众家门口打造文化活动阵地，常态化开展文学创作、书画作品展览、摄影展、文艺演出及各类文化艺术培训交流活动，让辖区居民吃上本地“文艺大餐”。

# “致和堂”历史文化咨询室揭牌

2022 年 2 月 20 日上午，昆山高新区“致和堂”历史文化咨询室揭牌仪式在娄江畔举行，昆山市委常委、昆山高新区党工委书记孙道寻，昆山高新区党工委副书记、管委会副主任陈青林，市文联主席冯惠清参加揭牌仪式。

活动由昆山高新区党群工作部、社会事业局主办，高新区文联承办。昆山高新区“致和堂”历史文化咨询室坐落在高新区文联（片玉坊旧址）内，以昆山母亲河娄江原名“至和塘”名室，作为高新区文联的重要建设品牌，旨在弘扬中华优秀文化传统，发掘地方文史资源，开展文艺精品创作，立足高新区，为昆山经济建设和社会事业提供智力支持。

活动现场，“山高水长”书画作品展开展；程振旅、刘建华、陈益三位艺术家被聘为高新区乡村振兴工作文史顾问，并捐赠合作作品《兰竹奇石图》助力高新区乡村振兴发展事业。

高新区文联秉承“敢闯敢试、唯实唯干、奋斗奋进、创新创优”的新时代“昆山之路”精神，以扎实之功、出彩之笔，精心描绘新时代的高新区蓝图。2022 年，区文联克服疫情的影响，陆家衡艺术馆开馆运作，并成立了区作家、书法、美术、摄影及音舞戏曲家协会，团结引领全区广大文艺工作者坚持精品立身，潜心创作耕耘。入选、入展国家级展览 7 人，省级展览 25 人，获得第十五届江苏省“五星工程奖”4 人。举办大型艺术展览 8 次，观展人数 3000 人次。

# 太仓美术馆名师导览活动

2022 年 3 月 24 号上午，高新区文联一行 25 人在陆铁峰主席带领下，于太仓美术馆进行了第二期“名师导览”高新区文艺家学习传统——博物馆课堂系列活动。太仓美术馆馆长靳慧慧女士和本期导师著名艺术史学者田洪先生带领大家参观了“娄东画派——高山仰止”特展。本次展览作品大部分是天津博物馆藏精品，展示了娄东画派王时敏、王鉴、王原祁等精品力作，更有曾鲸所作国家一级文物 :《王时敏像》，全面展示娄东画派的源流和成就。参观结束后，在报告厅进行田洪先生主讲《图像知识——黄公望影响下的娄东画派》讲座，课间学员与田洪先生进行了热烈互动，部分学员获得由田洪先生亲笔签名的所著新书《朱省斋书画见闻录》。下午继续参观王慧山水画工作室、太仓邢少兰艺术馆和朱屺瞻纪念馆，大家纷纷表示此行收获巨大。

刘烨（艺术爱好者）：有幸能参与这次高新区文联组织的艺术观摩、学习之旅，“高山仰止”好雅的题材，让我体会到每幅作品所透出的文化内涵，让人品之有味。田老师的专业讲解更是让每个人都畅游在作品的历史文化长河中，耐人寻味、收获满满。非常感谢高新区文联细致周到的安排。

俞艳艳（艺术爱好者）：今天的活动整体安排细致周到。行程里有太仓美术馆的“高山仰止”画展（恰逢新馆首展），还参观了王慧山水画工作室、朱屺瞻故居，一天的学习下来，真是收获满满，希望下次还可以参加这种文化学习活动，多学习，提高自己的文化素养。

朱文林（艺术家）：罕见的国家一级文物、众多的娄东画派及近现代名家真迹、田洪老师的精彩讲座……在春雨绵绵中享受了一顿艺

王时敏：孝翁老父台

邢少兰：山水

朱屺瞻：梅花

术饕餮盛宴，实在是人生至乐！由衷感谢高新区文联安排的这次意义非凡的太仓艺术之旅，感谢各位工作人员的辛勤付出和事无巨细的组织安排，无比期待下一次。

曹丹青（艺术爱好者）：感谢昆山高新区文联能够组织此类弘扬中华文化、传播古典名家精神的活动。作为业余参与者倍感此类活动的可贵。感谢各位活动主办人员的辛勤付出。通过此次活动，我们更加了解了艺术创作本身的价值，感受到文化从业者和爱好者身上所共有的友善和纯粹，是一个让人非常愿意深入相处的圈层。

聂珊（艺术爱好者）：快乐的时光总是走得最快，夜幕降临的时候，脑海里放电影般，浮现出那一幅幅名家画作，虽然是沿承黄公望的风格，但是娄东画派的代表人物们又是各有各的理解与不同的画风，犹如“一千个人中就有一千个哈姆雷特”！

两次“名师导览”活动，对增加和文艺工作者、爱好者之间的凝聚力，激发文艺创作力起到了良好的推动作用。高新区文联将继续努力为各位会员推出此类活动。